청어詩人選 393

평균대 위의 산책

정연순 시집

청어

평균대 위의 산책

정연순 시집

시는 나의 정원
거루고 뿌리고
가꾸고 기다립니다

가끔 오시는 손님
신선한 긴장
거름기 족한 여운을

날 새도록 곱씹어도
여전히 지독히도 목마른
가난한 정원입니다

차례

제2부　표선리 수선화

제3부   가을걷이

제4부   노두길 건너서

제5부 너의 초상

평균대 위의 산책

정연순 시집

제1부

느림 우체통

서녘 붉자 불현듯
나는 한 번이나 누구에게
눈예수인 적 있을까

에미

아이구! 내 새끼

이 신묘한 음절
모든 것이고
모든 것이 아닌

그려, 내 새끼

내 몸이
내 몸의 생살
순금의 굴레

봉인된 생애의 문을
찢고 내보내
다른 몸이 된

아무렴, 내 새끼

대신 목숨 내어줄
구원의 비상구

신은 그 뒤에서 늘 간절하여
새끼는 영원에 닿고

당연히 또 당연히
에미는 타서 밝히고

흘러버리는 촛농
흉터에는 늘 물이 고인다

눈예수

서녘 붉자 불현듯
나는 한 번이나 누구에게
눈예수인 적 있을까

내 눈 속에 눈예수
흐리다가 잊었다가
자주 젖기도 했던

모상대로 지으시어
믿고 바라
오로지 닮으라
꼴값 일러주신 행보

산산조각 상실을 앓을 때
살아가는 이유
너니까 할 수 있다
앞장서신 분

저 애틋한 자비
오롯한 소망이신
내 눈 속에 눈예수

새

새는 새벽에 뜨는 별
종일 노래하는 별이네

호수에 흔들리는 무늬나
허공을 켜는 바람
현의 긴 떨림의 시간을

개밥바라기에 노래를 건네고
둥지에 들앉아 왁자지껄
오늘 감당한 세상을
가족이니까 시시콜콜

내사
적지 못하여
다만 귀를 기울이네

늙어서 죽은
새의 무덤은 어디인가

20

거미줄의 새벽 저 이슬방울 속인지
누구도 닿을 수 없는 숲의 신전인지

사라지는가 새는
해가 돌아가는
노을 깊은 데로
거기 하늘과 내통하는 집인지

내사
알지 못하여
다만 가슴을 여네
새는 노래하는 별이네

정답과 오답 사이

하도 재미난 문제라
유골함은 밤낮 웃는다

졸년 빼기 생년은 무엇이냐

수학은 만만찮다
삼백옛순닷새를 살아서 딱 한 살
무릇 존재에게
절대평등의 공전 주기

정의로운 무료 급식이라
반품 교환 불가
꼼수는 없다

내가 어느새
네가 벌써
이 낯선 느낌은
기성품의 한계거니

문득 겨운 포만감을
헤아리다 나잇값에 이르자
헛먹은 나이가 수두룩
쥐구멍에 들고 싶은데

정답과 오답 사이
졸년 빼기 생년
영(永)인지 무(無)인지
그 참, 죽어서도 애매할 법

산티아고 데 콤포스텔라

제 길이만큼 무겁고
넓이만큼 거칠고 단단한
껍질의 낯선 길
묵주 하나 꼭 쥐고

산티아고 데 콤포스텔라 이천 리
더하여 묵시아 이백오십 리

휘청 넘어지고
캄캄한 눈앞을 견디는 몸뚱이
마지막 한 방울까지
허약한 정신을 태우는 불심지
죽비 내리치며 한 달 사흘

끝내 바다의 끝
땅의 끝 종점 표지석
피니스텔라* 영점영영 킬로미터

만세!

찐 사랑스러운 나에게
태양이 바람이
무지개를 걸어준다

바다가 온다
난바다로부터 소리
소리치며 우주를 이끌고
지구를 달려온다

바다와 땅 사이
틈이 없는 경계
단애를 오르는 최후의
산통을 부르짖으며 폭발처럼

바다가 흰 알을 싼다
너는 한 알이다
아아 하느님

노독에 절은 신발을 태운다
퇴적층의 어혈이 연기로 사라지고
천둥 치며 땅을 딛는다
한 알이 깨어난다

새 신발 끈을 묶는다
간다, 사람의 바다로 간다

사랑을 나는
더 사랑할 수 있을 것이다
하!

*피니스텔라: 산티아고 데 콤포스텔라 여정의 땅끝.

26

은어

동해남부선 남창역은
터널을 나와 철교 건너에 있다
철교 아래 서들에
금달네가 움막을 치고 살았다
남창천에 발을 내린 교각
둘레는 물이 웅덩이처럼 깊었다
금달네의 연못이었다
물이 초록 거울 같았다
거기 은어가 놀았다
햇빛이 은어를 반짝이게 했다
금달네는 햇빛을 등에 지고 은어를 바라보았다
둥그런 배에 손을 얹고, 오래 고요히
기차가 기적을 울리고
철교를 지나갈 때면 은어들이 소스라쳤다
숨을 곳이 없었다
밤새도록 사라호 태풍이 불어
은어는 금달네를 업고 바다로 가고
자갈밭에 황토물이 들었다

나무는 나무다

전기톱이 한낮을 썰더니
가로수가 몸통만 남았다

공중으로 하늘이 치오르고
집 잃은 새들은 목이 메고
바람이 수말처럼 울었다

가장 깊은 뿌리가 외친다

뿌리는 하늘에 닿아있다
직립을 포기하지 말자
먼 푸름이 있다

머리카락마저 빼앗긴 공포
가스실로 줄 서 가는
흑백사진 그 사람들 노래했다지

삶은 그래도
Yes

날마다 절명시를 쓰고
살과 뼈로 빚은 응답
하마 봄에 닿아
연두가 풀피리처럼 떨리는

나무들 겨울 이야기
삶은 그래도
Yes

아, 봄은 그렇게 피네

느림 우체통

청산도 서편제 소릿길
청보리도 옛일인 듯
유채 꽃물결 어디
스피커에 들앉은 소리꾼

주막 지나 소소리
불콰한 느림 우체통
무심한 척 길손 기다리는
노포의 바깥양반 풍채다

한 해 한 번 배달
느린 마을의
느려서 든든한 약속

어디서든 사랑을 찾아라, 내 인생아

해풍에 곰삭을 발원
한 줄 엽서 부치고
하마 손꼽는 이 설렘이라니

손수건

그때부터였지
눈물을 삼키는 이 버릇
몸속 어디 옹기 하나 묻어놓고

금기된 이별을 헤매다
정제된 한숨이나 토하고
오열도 가위눌리면서

마른 울음도 있다마다
미립 하나 얻은 셈 치자고
불혹을 먹어도 무효한 시간

옹기를 깨뜨리고 싶은
기억이 슬픔에게
손수건을 건네주며

슬픔은 날려 보내는 거야
마술사의 흰 비둘기
돌아오지 않을 때까지

호박꿈

오메! 벌써 한파주의보

배꼽이 어여쁜

내 텃밭의 늦둥이 호박

담요를 덮어주랴 하던 잠길에

갸름한 다섯이서

주먹처럼 껴안고 잠이 든 거야

고드름이 된 나는 땅으로 자라고

땅은 쑥쑥 죽순마냥 솟는 바람에

발이 부러질까 버둥대다

후다닥

담요를 들고 호박한테 갔지

얼래! 담요는 왜요?

그런 눈 처음 봐

이슬 천사 별 어린왕자

아니 그걸 다 합친

어디까지가 꿈일까

가오리연 하늘을 날다

피레네 꼭대기는 대머리구나
잔등에 쓰러진 호흡
아뜩 심연에 스미듯
나는 승천한다

검은 독수리의 유유한 위엄
위로 흰 치자꽃 무리지고
내 맨발가락 사이에는
고된 아지랑이가 핀다

닫히는 눈꺼풀
안으로 열리는 청옥 하늘
가오리연 한 마리 바람을 탄다

오래 여문 꿈을 물고
긴 꼬리짓 설레설레
독수리는 한참 아래 발치다

좋아라

참 좋아라 나는

가오리연 하늘을 난다

쉬파리

땡볕에 단내 나는 오후
번개 한 칼
망나니의 침입
냅다 격정으로 가는
라 캄파넬라*
사무치게 떨다
맹렬한 비행
휘몰아치는 절정
활이 끊어진 것은
유리창에 머리를 들이박았기 때문이다
요절인가
굳었다
끝장이다

나는 여기 너는
찰나에 적막이 되었다

*라 캄파넬라: 파가니니 바이올린 협주곡 2번 b단조 3악장.

제2부

표선리 수선화

색이 다른 색에게 건방진 이유
색이 다른 색을 증오하는 이유
색이 색을 나누는 이유

너만 모르는
아마도 모르다가 죽을
이유 아닌 이유

젓가락행진곡

둘이면서 하나
목숨도 하나지 우리는
믿음이 주는 자유로

행진 행진

짝이라는 건 숙명인 거야
사랑 그 이상의 눈빛으로
행간을 읽으며

행진 행진

내가 길을 잃었을 때
널 위해 울었어 제발
거기 있어달라고 기도했어

떠난 게 아니라고
혼자는 아무것도 아니야
느리면 어때
다 괜찮아

만약에, 만약에 말이야
살다 살다가
너 먼저 떠나면
너와 나란히 순장에 들 거야

고마워
수고했어
사랑해

단 한 번의 마침표
잠들기 전에
그 말 꼭 하고 싶어
절친이여

도시락

단발머리들의 콩나물 교실
없어진 공납금으로
뒤짐질의 팽팽한 긴장

빈 도시락을 덮는 친구
손가락 틈새로 분명한 지폐

내 손이 도시락을 닫는 것과
친구 눈빛이 꺼지는 것과
두 마음이 베이는 것이
빛보다 빠른 한순간
긴 시간이었다

내리 사흘 결석한 친구를 찾아
골목 지나 계단 오르면 또
수채 건너 수채의 산동네
개골창에서는 코를 쥐고

더 묻기도 서러워 차라리
돌아서랴 망설이는 눈앞에
헛것 아닌 기적
얼싸안고 눈물보가 터졌다

넝마의 판자지붕 가풀막
아득히 영도다리는 딴 세상
소리쳐도 메아리 없을 거기

영주동 떼떼 말레이

쌀 한 됫박과
새끼줄 꿴 연탄 한 장

있고 없음의 빈부 차이

아무도 몰라
학교 꼭 와야 된다이
알았제, 꼭 이다 꼭

나란히 졸업하고 소식 모른 채
해는 기울고 여태 비밀이고
친구라 쓰고 이름으로 읽는다

표선리 수선화

표선리 천백구십사 번지
바닷가 너른 황무지

두 치 남짓한 키에
샛노란 웃음 단지 셋
세상은 흥건한 꽃밭이다

땅에 가슴을 대고
기울이는 귀에
꽃의 심장이 뛴다

삶의 사계
척박한 기억에도
모자라지 않음의 완성

그저 감사해서 웃지요

가벼운 질문에
대답이 깊다

7월이 오면

7월이 오면
첫 전차를 탔네

동래온천 종점
제복의 차장이 은종을 울려
한 칸짜리 전차를 깨웠네

동래역 지나 교대역 부근
연지는 한량없어 마냥
새벽의 그 사원을 거닐었네

눈이 또록한 청개구리며
무지개를 품은 이슬이야
뛰거나 구르거나

연잎이 받들어 모시기는
예불삼매 동자승의 환생이려니
꽃들은 하마 색을 벗고 빛이었네

환한 꽃과 하얀 교복
무량한 미소만
세상의 전부였네

새벽마다 사원을 거닐던
소녀에게서 여름이 떠나갔네
풋가슴 한가득 씨앗을 놓고

얼마나한 여름을 겪어야
뻘 깊은 데 꽃대 올려
세상 환한 꽃이 피는지

나를 벗어
누구 감싸 안을
그런 미소 피는지

7월이 오면
첫 전차를 타고 싶네

빙하의 강

맑게 푼 쌀미음 같은
빙하의 물은 뿌옇다

십 년마다 세운 표지판

『프란츠 조셉 빙하*
2009년은 여기까지』

살은 녹아 흐르고
바위도 돌멩이도
빙하의 뼈 무덤이다

수년마다 수 십 리
상류로 올라가는 표지판
소름 돋는 위기 경고

쪼그라들고 창백한 프란츠 조셉
마지막 호흡을 배경으로
풍경을 쇼핑하는 지구인

쇠귀에 경 읽기
즐거운 스마트 폰 놀이
치즈 치즈 인증샷

강마저 말라버리면
황무지를 딛고 서서
우리 무얼 할 수 있을까

*프란츠 조셉(Franz Josef) 빙하: 뉴질랜드 남섬에 있음.

잉어들의 수다

워낙 볕이 좋았거든
장수천* 박차고 공중제비로
세상 구경 이만저만

느티도 벚나무도 알몸인데
어쩌자고 수수는 낯만 붉히는지
여태 망사 베일을 쓰고

해바라기도 못 하는 해바라기
꽃이었던 날들의 일기장
제 발등만 읽어 쌓고

웃자란 고층 아파트
벽 안에 할머니 오도카니
유치원 차 시간만 꼽더라

떠나는 가을향기 모르기는
내 콧구멍 작아서인지
암만
허망 벗지 못한 탓일 거야

등짝 시리다
탯자리 깊이 가서
봄이나 기다려야지
대지가 그러하듯이

*장수천: 인천대공원에서 소래로 흐르는 하천.

남창역(南倉驛)

동해남부선 남창역은
일천구백삼십오 년 십이 월 십육 일
일제의 곡물 수탈 용도로 열렸다
역무원실과 대합실
철길 양옆으로 길게
측백나무 울타리를 치고
마을을 내려다보고 있었다

기차는 터널 밖으로 대가리를
내밀 때마다 희푸름한 연기를
군악대장 모자의 깃털처럼 세우고
고래 고함을 쳤지만
수탉의 목청보다 울툭불툭
영판 돼지 멱따는 소리
채신머리가 말이 아니었다

사라호 태풍 밤중에
'둑 터집니다 역으로 가이소'
청년들 목이 쉬고
대합실에 빼곡히 들어선 사람들
대책 없이 미친 비바람만 바라보았다
며칠이나 기적이 울리지 않았다

자갈을 깔고 근육질 침목을 베고
차렷, 나란히 누운 레일을
어름사니 재주로 삐딱거리다
문득 칙칙폭폭 소리를 바라고
귀를 대면 붉지 않은 불덩이
델 듯 뜨거워 소스라친
가슴도 두 박자로 뛰었다

역 앞 삼거리에서 뻗어간
길을 의지하고 마을들은
생겨나고 변하지 않았다
개찰구를 빠져나가 총총
집으로 가는 사람들에게
보따리가 혹처럼 달려있었다

정복 입은 역장이 물 조리개로 피운
채송화 맨드라미 봉숭아 코스모스
색색 꽃들은 마냥 웃는 낯이고
측백은 사철 푸르고 향기로웠다

광역전철 동해선 남창역은
도회지처럼 번쩍이고
옛 남창역은 국가등록문화재로
주차장 한켠에 오도카니
불이 꺼졌다

나는 여태 그 대합실
툇마루 같은 긴 의자에서
엄마 기다리는 꿈을 꾸는데

알비노 공작새

뉴질랜드 어느 숲속
흰 구름 한 조각
새벽 풀밭에 내려
종족의 변두리를 서성인다

먼 데 기척도 오싹하여
초병의 귀를 세우는 야생
눈부신 알비노 공작새

색이 다른 색에게 건방진 이유
색이 다른 색을 증오하는 이유
색이 색을 나누는 이유

너만 모르는
아마도 모르다가 죽을
이유 아닌 이유

깃으로 삼은 면사포를 펼치며
하늘이여 받으소서

너는 듣는가
너를 사랑한다
정말 사랑한다

믿음은 참도
애달픈 기다림인 것을

어떤 길

산으로 이어지는 오르막길
인적도 고양이도
없는 평일 한낮

무심한 전봇대를 등지고
오도카니 두 노인
죽지 않는 시간 죽이기

초록 파랑 분홍 즐거운 색들로
곯고 있는 따개비
지붕 속 식구에게
동화를 우겨대고

어느 하늘에나 구름은 흐르고
무료 수급 연탄이 마르는
노른자색 벽이 몸을 사린다

재가 되는 시각은 더디고
아이들은 저들만의 세상
시나브로 그림자 길어지는

길 끝의 화살표가 말하길
절집 가는 길
기도원 가는 길

옥합

누가 주검에 깃드는가
하늘 어디 구름 어디
바람 가는 어디라도

묵묘 될라
쑥밭 될라
당신 떠날 채비로 외아들이
신앙이던 부모님 봉분을 연다

동틀 무렵
빛나지 않는 백골
낮게 나는 아침 까치
분주한 언어들 살아나고
연화장 가는 길 멀다

이름 하나에 옥합 하나씩
재 한 줌과

몸에 밴 등짐과
이미 낡았다는 가치와
날마다 포기하고 있는 것들과
미련마저 봉했다

애달픈 감정은 돌아오지 않는다
순서에 충실하다
담담하고 공손하게
진공의 벽장에 모셨다

옥합은 턱없이 무거웠다
빈, 하얗게 빈 주검 속
쇠의 무게로 기억이 깃들었다

유목의 노래

나는 소금빛 아름드리
나이테를 비워낸 공동

초승달 모양 해변에 누워
밤낮 하늘을 봅니다

떡잎 때부터 하늘은
변함없는 벗입니다

직립의 시간보다
쓰러져 떠돌면서 더 치열했습니다

뒤집힌 바다에서
고래가 말했습니다

무겁고 중요한 건
등을 내주는 거야

용서할 일도 용서받을 일도
애초 옹이를 품지 말았어야 했습니다

깊게 남은 옹이 하나
거죽에 올려 벗에게 맡겼습니다

빈속에 음악이
바다와 구름과 바람과 새들이 깃듭니다

어떻게 내가 지금 여기인지
나의 벗이 알고 있습니다

그래서 외로움도 눈부십니다
고요도 노래입니다

무성한 결실
자유의 노래입니다

모두 오라

산티아고 대성당
영원의 문이 열려있더구나
어쩌란 말이냐
이 엄위한 서사를
이 무량한 말씀을

예수의 삶과 죽음과 부활에 눈물 흘려라
구세주의 어머니 마리아께 찬미 드려라
성인들과 그 생애에 귀를 기울여라

땅에서 올린 기도
필연코 하늘에 닿아 구원으로
다시 살 넋을 위하여
모두 오라

'내 영혼이 주님을 찬송하며
나를 구하신 하느님께 내 마음 기뻐 뛰노나니'
어쩌란 말이냐 이 사랑을
주님 나의 주님이시여!

제3부

가을걷이

교동도 화개사
아주 늙은 벚나무는
올봄도 한 시절

참도 눈부신 발원
살아서 우리
서로에게 꽃이기를

밤의 아마존

반딧불이의 서슬빛 꼬리
살풀이춤 흔적을 거두고
모든 색은 어둠 하나

동력을 끄자
눈을 뜬 세포들
어둠을 응시하는 동공이 커진다

묵처럼 엉긴 정적
어느 짐승의 잠꼬대
저 청아한 풍경소리
밀림을 짠 녹즙을 마신다

바닥에 누워
물결의 등을 타고 간다
투명한 고삐가 이끄는 대로

이슬로 내리는 은하수
흰 소 떼의 요령 소리
서쪽으로 가고

검은 허공에 섬광 한줄기
낯익은 벽이 열린다
광장 후미진 데마다
슬어놓은 멍울 더미들

별거 아니라 더 부끄러운
옹졸을 낱낱이 풀어
시간의 약발을 간구하며

젖은 성호로
한 송이 흰 백합을 안고
빛의 시원으로 간다

밤의 아마존은
생명이 생명을
생명으로 생명을
벼리는 숨소리로 뜨겁다

평균대 위의 산책

코로나 올무 속 겨울나기
봄은 꽃을 이고 저 혼자 쓰러지고
아직도 섬이어야 하는 나날

빈 집을 노리는 도둑처럼
빈 길을 바라고 밤을 도와
갯가 공원을 걷는다

어둠이 흔들리는 인기척
안녕하세요?
밥 한번 먹읍시다

굴뚝같은 정감을 밀어내며
날카로운 촉을 세우는
평균대 위의 산책
안전한 착지는 어디쯤인가

늙은 벚나무의 시

병든 우듬지 잘릴 때
붉은 시를 토했지
살아서 다만 꽃이기를

곰팡이 칠갑의 아름드리
수동 가득 어둠도
빛인 양 그러안고

교동도 화개사
아주 늙은 벚나무는
올봄도 한 시절

참도 눈부신 발원
살아서 우리
서로에게 꽃이기를

귀마다 흘려, 그저 흘려버려도
꽃이란 꽃 다들
생을 걸어 이르는 한 마디

다 꽃이어라
다 사랑이어라

가을걷이

낙엽을 맞으며
가을을 쓴다

커다란 현악기의 활처럼
대빗자루로 땅을 켠다

가을가을 가을가을

더미가 생기고
한 번쯤 거기
성냥불을 그어대고 싶다

매캐한 연기 매운 눈물
누룽지 고순 내도
향기를 포개어

혹간 불티 한바탕
반딧불이 떼로
춤을 추며 봄으로 떠나고

바람 자는 날에는
땅으로 스미는 검은
재의 고요도 깊었다

지금 나는 깨끗합니까?

코리트산* 액으로
훑어내고 밀어내고 헹구고
어떤 오물도 남김없이

통회의 기도 새벽 미사
가슴을 치고 자비를 구하며
비운 내장에 성체를 모셨다

수면내시경에서 깨어났다
나는 깨끗하다
가자, 지금
베아트리체를 만나러

아니, 배가 고프다
뭘 좀 먹어야겠다
부드러운 것으로

농담 같은 가벼움 아니어서
더 비어있고 싶은
때 타기 전의 찰나

지금 나는 깨끗합니까?

*코리트산(Colyte): 대장내시경검사 전처치용 하제.

광란기

신은 무엇을 더 기다리셨는가

거세된 소년의 사타구니
시험용 아기의 젖은
눈망울에 얼어붙은 공포

옷과 안경과 구두약이 쌓이고
주인 잃은 거울과 지팡이들의
희망은 남은 자들의 숙제다

꿈길 끊어내는 밀짚 우리
벽을 찢어발기는 혼의 폭발

절멸의 빌미
끝내 시온의 별 하나 품고
마침내 자유가 된
그을음의 내력

사람아 사람아
아 사람아
사람이고 싶지 않은 나는
무엇이고도 싶지 않아

영혼들이여, 궐기해 주오
아직도 광란하는
사람 아닌 사람을 위하여
한사코 가슴에 신을 품도록

*오시비엥칭 유태인 수용소에서.

새로이 붉다

인정머리 없이 감질내다
봄비 떠나버린 청풍호수
빈 배는 하릴없이 흔들리고

허기진 금수산이
졸아든 어머니 젖가슴을 헤쳐
목이나마 축인 요 며칠

차오르는 신록으로
검고도 푸른 정적
어디서 종일 메아리만

어서 속히 오소서
어둠이 길을 지우면
달빛 풀어 밝히리다

뻐꾹 뻑뻐꾹 뻐꾹

가슴 메는 저 사무침
오 새로이
붉은 상사여

봉쇄 도시에서

느닷없이 무엇보다 안전을 위한다는
코로나19 봉쇄령
남의 나라 가두리다

창밖은 유리상자 미니어처
집 자동차 나무 꽃과 잔디
오금 접힌 허깨비들이 산다

시간은 하수구로 빠지고
바람 타지 않는 진공
고체가 된 구름으로
하늘길 신호등마저 꺼졌다

종일 두리번 헤적여도
아무도 아무것도 찾지 못한
해는 달을 베고 누워버리고

뉴스는 블루의 늪
정적을 찢는 사이렌의 질주
말벌에 쫓기는 불안을 살라
허기진 포로는 꿈이나 볶는다

내 집으로 순간이동을
기상천외 체외 방역을
찻잔에 수다 같은 일상의 양념을
배달 자장면의 자유를

헐벗음에 대하여

휘말아 몰아치는 너울파도
지푸라기의 투혼이었지

무너지는 하늘 속
빛을 믿어 흔들리지 않는
신념이 쌓은 오늘

혼돈과 삭제의 가속시대
삭은 뼈마디의 잉여로
그토록 쌓아올린 생애

명색으로 남은 백발 한 모숨
영광스러운 헐벗음에
늘 푸른 월계관을 올린다

그 해 폭설

격노한 바람에 휘둘리는
흰 점묘로 채워진 허공
버드나무 좔가지
등짐으로 휘청이고
눈을 입은 오리 떼
박제처럼 아찔하게 박혀있는
강이 물결친다, 눈이
강에 빠지는 찰나의 황홀이다

미친 역병의 질곡
파열된 일상
참새는 빈속으로 노숙에 들고
인적 없는 틈을 허물어
절대 방역의 마스크를 벗고
해감을 토한다
날숨이 눈을 검게 물들인다

이수*

너는 나에게
하나의 창문이 되었다

날개 달린 무구
느낌 긷는 두레박

창문을 열기만 하면
나는

열기만 하면
너를 만날 수 있게 되었다

*이수: 화가 전이수.

우태[*]

우리 친구 먹자

하도 멀리 와버려서
다시는 돌아갈 수 없을 것만 같아

아닌데
이게 아닌데 하면서도
내처 여기

너의 눈이라야
맘이라야
돌아갈 꿈이라도 꾸겠다

우리 친구 먹자

*우태: 화가 전우태.

제4부

노두길 건너서

운동화를 벗어들고
깃털처럼 운동장을 건넜다
못내 속절없는
발자국으로 멍든 꽃비늘
흔적은 지울 수 없는 것이었다

11월의 숲

떠나서 더 아름다운 자유
외길의 끝을 향하고
단풍이 내려온다

희열은 잠시
한사코 견디어낸
인고의 한 살이
영별의 시간을 서성이다

나무의 뼈들이 잘게 자른
하늘이 내려와
빗방울 듣자 눈을 감는다

비올라 선율의 섬집 아기
나지막이 낙엽을 도닥이며
괜찮아
자고 나면 봄일 거야

초록이 비어가고
또 모든 소식이 끊어지고
겨우내 기억으로 바라볼

숲을 나오면서 골똘하다
떠나야 할 것과
떠나는 것들로

노두길 건너서

병풍도 언덕에서
이슥한 신안 바다를 본다

처마 정겨운 초가
웅숭깊은 옹기물독
살강에 엎어놓은 뚝배기들

엄마아
손나팔 들릴 것만 같은

섬을 잇는 외줄기 심줄
소연한 노두길이 곧다

알 수 없는 반짝임 같은 소리들이
고물거리는 적요 속으로
영근 별빛이 내리는 야청

신이 납시는가
물의 정원에 바람이 스미고
말 없음의 말씀이 자욱하다

고도에 노두길 열어라

단순은 무량도 하여
입 꼭 다물고 오래
독백이 발효된다

살생고백

반반
그러지 뭐

달팽이가 상추로 레이스를 뜹니다
밤낮 눈을 부라리며
집 한 채 울러매고
암수한몸 자립이라며

잘근잘근 이슬에
열무 말아먹는 배추벌레는
연두색 얼굴에
항문도 연두색이라
연두색 똥을 누지요

응애 깍지 진딧물
족속들 집중과 끈기
반은커녕

사람에겐 무해하다며
전멸을 꾀하는 분사
내 몫을 위한 영악입니다

변명을 위한 사설
길어서 더 구차하고
수만을 죽인 건 사실입니다

조금 미안하고 많이 안심되지만
그렇다고 으스대지는 않겠습니다

백로

모래톱에 외발로
멍때리던 백로
소스라쳐 떼로 날아오른다

펄럭이는 옥양목
바람을 차는 소리
생명의 결기 같은
살풀이춤 같은

물결에 그림자놀이
퍽이나 우아한 여백이다가
숨을 고르고 다시
직립 수행에 든다

소음과 먼지
인연의 소실점 그 너머
반짝이지 않는 흰빛의 덩어리
이윽고 안으로 향하는 응시

땅거미 지자
폐선에 올라
가마우지 흑 잡고
바둑을 둔다

촘촘한 잠자리에
흑백이 한 데 다
같이 평화롭다
오늘도 성불하셨는가

거기 국경마을

내력마다 흥정으로
힘의 땅따먹기 놀이
경계를 지운 유럽

대륙의 국경마을
불 꺼진 검문소를 넘나들며
바람에 익어가는 전설

철책에 돌멩이 올려
인기척을 겨누는 대치
지리산 철쭉 여태도
피로 붉은 우리로서는

황금보다 부러운 풍경
우리도 전설을 노래하는
그날을 살아 살아봐야지

비린내

그녀는 베토벤의 운명을 끄고 안나 카레니나를 덮었다 심장에서 비린내가 난다며 친구를 만나 밥도 먹고 영화도 보았다 커피를 마시면서 제 심장에 진즉 방부제를 뿌릴 걸 참고 참고 또 참고 너무 참아서 비린내가 난다고 했다 까짓 체면이 비굴함이 심장을 상하게 했다는 물론 자기진단이었다 그런 게 사랑인 줄 알았다며 나더러 사랑을 아느냐고 물었다 나는 인생 실패작이 두려워 심장을 썩게 한 것 아니냔 말을 차마 하지 못했다 사랑에 대해서는 안다고도 모른다고도 말하지 못했다 쉽지 않다고만 말했다 정말이지 시시한 대답을 무언가를 겪어본 것처럼 무게 있게 비린내 안 나는 심장이 있겠니 여자나 남자나

지하철에는 나 말고도 비린내를 물고 있는 사람들로 만원이었다

야영

가끔은
풀밭에 텐트를 치세요

이슥한 밤중
화장실에 꼭 가세요

맨발이 좋습니다
넓은 풀밭을 걸어서

이슬에
하얀 발바닥을 적시면서

모세혈관을 달빛에 비춰보아요
길 끝의 별빛도

몸을 지나 정수리로
정갈하고 서늘한 길이 열립니다

영혼은
그렇게 투명합니다

만나거든 물어보세요
나 이대로 괜찮아?

육아일기 1

첫 입술
초유 서너 모금
고요한 숨결
달짝한 향기

아기는 자고 있네

스미는 신비
순정한 평화
차오르는 감동

어디로부터 오셨는가
말없이 말씀을 듣네

어느 노인의 생일

거처며 생계도
돌봄도 답이 없는
티격태격 밥상머리

오래 낡은 탯줄을 우린
가난한 미역국
진즉에 식어버리고

데려가소서 부디
자는 잠으로 데려가소서

더 줄일 것도
남지 않은 생애
이런 생일 다시 없기를

나의 안녕은

거울을 닦았네
바쁘게 아주 빠르게

외로움 끼어들 틈새
한사코 땜질이나 덧대다

쿨한 안녕이 유행이란들
기능성이 못되는 나의 안녕은
쓰레기는 더욱 아니라

한밤중 허기진 모기
위장으로 심장으로
머릿속까지 들쑤셔 엉긴

혈흔은 통점이 되고 말아
사무친 냉골
구멍 난 뼈를

온전히 입김으로
덮여 거울을 닦았네
더 처절한 틈새

4월의 그 며칠

벚꽃 잎 낱낱이
위태하게 바람을 타고
거푸 하르르
길을 잃고 우는 듯도 하다가
할딱이며 숨을 고르며

운동장에 내린 꽃비늘을
새벽마다 등나무 평상에 앉아 바라보았다
혼자여서 좋았다
아련하고 설레고 옹골졌다

운동화를 벗어들고
깃털처럼 운동장을 건넜다
못내 속절없는
발자국으로 멍든 꽃비늘
흔적은 지울 수 없는 것이었다

꽃물 든
흰 양말의 갈래머리
소녀는 고상한 척 슬프고
외롭고 또 행복했다
그것이 인생의 전부였으므로

다시 9월에는

여름 장사를 망친 그녀에게
아내를 떠나보낸 그에게
병원에서 돌아온 친구에게
밥 한 상 차려보자

낡은 생각과
굳은 팔다리를 손질하고
말수는 줄이되
한 사발 웃음 퍼올리자

성난 흙탕물에
지붕을 타고 떠내려가는 뱀
붉은 사과와 돼지들마저
다 지은 농사 휩쓸어 간 태풍

땡볕에 덴 살갗이며
더위 먹은 가슴도
영그는 계절을 반기게
선선한 건들마로 불어보자

제5부

너의 초상

피멍에 올린 반창고 넷
벚꽃이라 우겨도
내 말 듣지 않는 불안
잠자리에서도 뒤통수를 친다

내 친구 이반

현자가 쓴 바보 이반
속내 어렴풋하여
텃밭의 풀을 이반이라
부르며 친구 먹는다

실 같은 목으로도
꺾이지 않는
바람의 춤도

가난에 분노하지 않는 자존심이나
결핍에 순응하는 긍정이나

하늘에 쌓는 기쁨도
울음의 춤도
색색 어여쁜 꽃으로도

움을 품은 씨앗
그 하나의 꿈
자라고 자라고
어둠에도 눕지 않는 내 친구
이반이 사는 힘이다

비엘리치카* 염부들

맨땅에 소금 맛이라니
속으로 속으로
아래로 아래로

화석의 소금바다에
그물을 던진 염부들
호흡마다 기도
인사마다 신의 영광

발끝에 맞서는 어둠
오차 없는 시간이 흐르고
목숨으로 바꾼 암염

누군가의 전대를 채우려
땅 위로 땅 위로
끝나지 않을 피땀의 제물

죽음은 삶의 과제인 것을
갱도에 기어이 밝힌
순백의 소금 성전

엎디어 눈물 사무치던 염부들
지금은 빛 속에
사랑 속에 살리라

*비엘리치카(wieliczka): 폴란드 크라쿠프 소금광산. 유네스코
세계문화유산 1호.

채혈

고무줄로 팔꿈치 위를 질끈
낮은 전류로 무서움 흘리고
흰 가운의 명령은 건조하다

양팔 오금도 손등도 빗나가
혈관이 약하다는 갑의 지청구
죄 없는 피고는 을이다

쓸 만한 데를 더듬는
당의정 같은 친절
서늘한 알코올 솜의 집중

바늘 끝에 매단
그의 밥줄이 느긋해지고
유리관에 빨강 생즙
몸의 기호들이 차오른다

피멍에 올린 반창고 넷
벚꽃이라 우겨도
내 말 듣지 않는 불안
잠자리에서도 뒤통수를 친다

무궁화꽃이 피었습니다

술래야 술래야
뒤통수에 화등잔 귀는 쫑긋
감은 눈 기둥에 대고
다 들리게

무궁화꽃이 피었습니다

살큼 한 발짝
어리바리 그 자리
짜릿짜릿 옹골진 재미
해 저물도록

무궁화꽃이 피었습니다

게임은 법칙이지
빤히 잘잘못을 헤아리는
싹수 푸른 아이들

무궁화꽃이 피었습니까?

어디 없이 수두룩한 가면들
오늘은 우리가 어른이 된 세상
이럴리야 이래서야

여우 소동

어른 아이 할 것 없이
만국기도 목청 터지는
가을 운동회 청백 계주의 끝판
쳐지고 빼먹다 또 뒤집힐 때

소복에 머리 푼 여자가
뒷산 바위에서 너울춤이더니
훌쩍 우듬지에서 깔깔대더라는
그 녀석 진짜, 진짜라니

산 뒤짐 나선 장골들
몽둥이에 횃불 달 듯
기합 소리 쩌렁쩌렁
메아리 쩌어렁쩌어렁

보름달이 봉창 뚫고
쏘아대는 푸른 어둠
하늘로 솟은 백여시의 앙탈

나는 보았네
요강을 타고서

묵은 해야

모든 날은
그러던 어느 날이 된다

노을마저 핏발 선
묵은 해야

우주 어디 지고천에
외눈박이 데려다
두 눈 부릅뜨게 하여라

아무 데나 침 뱉지 마라
겨누는 창끝에 꽃을 피워
찢어진 넝마를 꿰매어라

눈물 그렁그렁 껴안고
더운 김 오르는 밥
마른 가시 우려 차를 내리자

지구 재앙의 희생도
화근으로 잃어버린 목숨들도
눈물을 뭉쳐 돌판에 새겨라

모든 올가미를 끊고서 가라
묵은 해야

그러던 어느 날
새해가 밝았노라
춤을 추자

휘어이 휘어이

기도는 일용할 밥이라 쓴
만장을 펄럭이며
홀로 상여를 떠멥니다

누구나 봉인 몇 개쯤
묻어두고 산다지요

입을 닫고
오 주님!
불도장 묻고
화석이 된 세월

잃어버린 이름
계절 없이 붉은 가슴
소태 같은 기억
바위 같은 어둠

훠어이 훠어이

화농을 장사지내러 갑니다
딱히 갈 곳이 없습니다

너의 초상

거짓말도 못 하는 얼간이
굴곡진 시간의 띠 켜켜이
바람 든 몸뚱이의 통증도
종일 털어내어 가볍다더니

렌즈에 거친 손사래
더 깊은 데는 아직 아프다

꽃가지 잡고 김치이
그땐 그랬지
봄이었잖아

휘어진 무릎이 위태로운
백팩 지던 굽은 등허리
더 구부려 실버카를 민다

간간 빨간불 들어와
몰아쉬는 숨으로
동력을 채워가며

기억을 토하는 누에고치
한 생애의 노을
멈추지 않는 불편

역광 속 쓸쓸한 순리가
긴 그림자를 끌고간다

너의 희망이 무엇이냐

양친께서 자주 흥얼흥얼

이 풍진 세상을 만났으니
너의 희망이 무엇이냐

첫째는 동생 하나
왕사탕 고무공 인형

생산 문 닫힌 줄 알 바 없이
밤마다 동생
아기 하나 조르다
동생 맞잡이로 어부바
인형으로 베개로

부귀와 영화를 누렸으니
이 아니 족할까

세상 다 받아서 누리던 어린 시절
양친 연세 훌쩍 넘어서도
무시로 솟는 희망의 마중물

너의 희망이 무엇이냐

조금만 아프고
비운 데다
하늘 담는 것

사랑이 멍들지 않은 때에
평화로이 돌아가는 것이네
사랑, 그것 하나만 남기고

울산바위도 근심이다

아랫자락 솔숲 밀어내고
철근 시멘트의 층층
떼로 생겨난 일셋방 가게들

분주나 피로 따위 배설도 물론
방값을 때우려는 작심으로
일탈이 도지는 쳇바퀴 일상들

눈치도 못 채는 사이
그래선 안 될 것을
잊어버리거나 잃어버리지

몸짓이라야 부동으로
근심을 드러내랴마는
나의 침묵을 들어주오

노파심이래도 하는 수 없지
동해가 내 발등을 적실 때
그때 너는 어디에

시스루 룩

잠이 달아나면서
깨워준 설렘으로

멱 감으러 은하수로 가서요
춤추며 춤추듯 자맥질

허물 벗은 알몸에
향기로 스미는 별

빛으로 길쌈한 시스루
새 옷을 입어요

어떤 치장도 군더더기
환히 속이 들여다보여요

하 궁금해들 하시니

아무것도 아닌 일을
하 궁금해들 하시니
나의 백발을

꽃소금에 고루
후추 조금 뿌린 듯
그저 세월이지요

고집은 아니라 벗어남일 뿐
저물어 간대도 자유란
꽤 쓸만한 덤이라

팔다리를 부추겨
능선 넘어
더러 상상도 보게 하고

멍울 곰삭히며 기도하지요
노을 한 자락
수의로 허락하시기를

평균대 위의 산책

정연순 지음

발행처   도서출판 청어
발행인   이영철
영업   이동호
홍보   천성래
기획   남기환
편집   방세화
디자인   이수빈 | 김영은
제작이사 공병한
인쇄   두리터

등록   1999년 5월 3일
          (제321-3210000251001999000063호)

1판 1쇄 발행 2023년 5월 20일

주소   서울특별시 서초구 남부순환로 364길 8-15 동일빌딩 2층
대표전화 02-586-0477
팩시밀리 0303-0942-0478
홈페이지 www.chungeobook.com
E-mail   ppi20@hanmail.net

ISBN   979-11-6855-150-3(03810)